AF404133

LE RETOUR

DE

MON PAUVRE ONCLE,

OU RELATION DE SON VOYAGE

DANS LA LUNE,

Écrite par LUI-MÊME *& mise au jour par* SON CHER NEVEU.

Je rends au Public ce qu'il m'a prêté.
LA BRUYERE.

A BALLOMANIPOLIS,

Et se trouve à PARIS,

Chez LEJAY, Libraire, rue Neuve-des-Petits-Champs,
près celle de Richelieu, au Grand Corneille;

M. DCC. LXXXIV.

Le même Libraire tient Magaſin de Librairie, fait des Abonnemens pour toutes ſortes de Livres anciens & nouveaux. Le prix eſt de 24 livres par an, 15 livres pour ſix mois, 3 livres par mois, & 12 livres de nantiſſement. Il tient auſſi chez lui un Cabinet de Lecture où ſe trouvent les Journaux François & Etrangers. Cet Abonnement eſt au même prix que celui des Livres. La ſéance eſt de ſix ſols pour les perſonnes qui ne veulent pas s'abonner. Il fournit des Bibliotheques & en achete.

PRÉFACE.

MON pauvre Oncle, comme le
fait l'Europe entière, ayant déjeûné
après s'être vivement querellé avec un
Physicien de fes amis, fut attaqué d'une
collique fi violente, que ma fœur &
moi fûmes dans la plus grande alarme.
Croyant qu'un clyftère pourroit le fou-
lager, dans le trouble où j'étois, je
faifis une feringue, je l'ajufte au pofté-
rieur de mon Oncle : mais au lieu d'un
liquide émollient, c'étoit de l'air inflammable que j'introduifois dans fes
entrailles. Soudain je vis ce cher Oncle
s'élever de fon lit par degrés, voler
au plafond, y faire deux ou trois tours,
puis s'échapper par la fenêtre. Je voulus
l'arrêter par les pieds : mais fon foulier
me refta à la main ; & tout déculotté,
il s'envola majeftueufement fur les

nuages. Je regardois encore, quand mon œil ne pouvoit plus l'appercevoir.

Après trois mois d'abſence, il eſt de retour, ce pauvre Oncle. Le tendre intérêt que les Pariſiens ſes Compatriotes, ont pris à ſon merveilleux événement, lès travaux qu'ils ont faits pour en repréſenter toutes les circonſtances & pour en éterniſer la mémoire, forcent ma reconnoiſſance à publier cette Relation (1).

---

(1) Pluſieurs Gravures, une Comédie toute entière ſur ce ſujet, atteſtent l'enthouſiaſme des Pariſiens pour les événemens de cette importance.

LE RETOUR

D E

MON PAUVRE ONCLE.

CHAPITRE PREMIER.

Mon Départ de la Terre.

MALHEUREUSEMENT ma fenêtre étoit ouverte ; mon remède de gaz inflammable me fit , malgré moi , paſſer à travers , & je fus bientôt emporté dans la plus haute région atmoſphérique. Le ſouvenir de l'aventure de défunt Icare , celle d'un autre étourdi qui ſe caſſa les jambes en route , ni le danger de mon périlleux voyage , ne me cauſèrent aucune inquiétude. Les Phyſiciens , comme on ſait , n'ont jamais peur : au contraire , la diſpoſition de mon corps me laiſſant la face tournée vers la terre , je contemplois avec ſécurité le tableau le plus magnifique que la Nature ait jamais offert aux yeux des mortels ; une ſenſation douce ſe répandit par tous mes membres ; l'air étoit ſi pur

A 3

& si calme, je nageois dans une paix profonde ; je croyois respirer le bonheur. Il faut monter bien haut pour le trouver ce bonheur, disois-je alors ; depuis que les cabales, le luxe & le mal anti social l'ont banni de la terre, les hommes ne l'y rencontrent plus, & il ne faut pas moins qu'un clystère d'air inflammable, pour pouvoir en jouir.

Faute d'écritoire & de thermomètre, je ne pus calculer les différentes hauteurs où je me trouvois ; c'est dommage, car j'aurois donné des résultats d'une précision très-rigoureuse.

L'orgueil nous suit par-tout : je me sentis singulièrement flatté de me voir si rapidement élevé au-dessus de tous les hommes ; semblable à tant de Gens en place, je me glorifiois de mon élévation, & elle n'étoit que l'ouvrage d'un clystère (1).

Pendant ces réflexions qui sentoient encore leur terroir, la surface de la Terre disparoissoit insensiblement à mes yeux ; je vis la rotondité du globe. Ce fut alors que je commencai à trembler ; le danger se présenta avec ce qu'il avoit de plus effrayant : maudissant en moi-même les Physiciens, le gaz inflammable, je m'abandonnai tout entier au trouble qui m'agi-

____

(1) Mon pauvre Oncle n'a pas été le seul Voyageur aërien qui ait été sensible à cette vaniteuse pensée. Voyez la lettre de M. Charles, après son ascension aux Tuileries,

toit. Qu'on se figure un Parisien, qui n'a jamais dans ses voyages perdu de vue les tours de Notre-Dame, & qui se voit enlevé dans l'immensité des airs; on pourra juger de mon état.

Je me trouvai sans doute dans la région des vapeurs scientifiques (1); car je fus tout-à-coup plongé dans une si grande léthargie, que la queue d'une comète qui, en passant, me brûla un pan de mon habit, ne put parvenir à me réveiller. C'est ce qui me priva d'observer, pendant le reste de la route, à mon grand déplaisir & au grand préjudice des Sciences. Mes observations n'auroient pas manqué d'éclaircir tant de vérités astronomiques, qui font d'une obscurité si sublime, que l'œil du vulgaire ne peut les pénétrer.

CHAPITRE II.

Mon Réveil.

En traversant l'air qui contenoit les exhalaisons de tous les cerveaux Orateurs, Louangeurs, Calculateurs, Compilateurs de la terre, j'avois respiré une si forte dose de soporifique, que

---

(1) Mon Oncle prépare un volumineux Ouvrage sur les vapeurs qui composent les différentes couches ou régions de l'atmosphère, comme on le verra à la fin de ce Livre.

A 4

ma chûte me fut absolument infenfible. Le hazard , comme onva le voir , favorifa ce dernier accident de mon voyage (1).

Plufieurs pouces d'air inflammable échappés de mon corps par la même voie qu'ils y avoient été introduits, firent enfin, fans doute ,céder la force afcendante à la gravitation. Il étoit nuit ; je me trouvois en l'air au-deffus d'une petite Ville, & j'allois m'abattre fur le pavé d'une rue , lorfque par bonheur un pauvre Diable qui dé- ménageoit *incognito* , & qui déménageoit bien doucement de peur de troubler le fommeil de fon hôte qui aimoit à dormir, jetoit un matelas par la fenêtre. Je me trouvai directement deffus à l'inftant qu'il fut lancé , & je le fuivis jufqu'au bas , fans que la commotion me tirât de ma léthargie. Je reftai-là jufqu'à ce qu'on vînt me placer fur une petite voiture où , parmi de vieux meubles , on me tranfporta hors de la Ville. L'obfcurité de la nuit , la précipitation qui accompagne toujours ces efpèces de démé- nagemens, m'empêchèrent d'être apperçu.

Bien loin de penfer alors que j'étois à une

---

(1) Le lendemain de fon expérience au Champ-de-Mars, M. Blanchard écrivit qu'il avoit éprouvé une très-violente envie de dormir ; cela prouve que mon pauvre Oncle eft digne de foi , & que M. Blanchard fe trouvoit dans la même région où s'endormit mon pauvre Oncle.

fi grande diſtance de mon pays, je me croyois encore dans ma chambre ; je rêvois que je diſputois toujours avec mon Phyſicien, qui étoit bien le plus anti-Attractionaire qui ſe ſoit vu depuis Newton. Pendant que mon eſprit travailloit à convertir ce Savant hétérodoxe, mon corps cheminoit dans la Lune. Oui, cher Lecteur, dans la Lune ; rien n'eſt plus vrai : j'étois parvenu, ſans le ſavoir, dans ce ſatellite de la Terre.

Aujourd'hui il n'eſt plus rien de difficile aux Phyſiciens, comme on ſait : l'un a découvert l'agent univerſel, l'autre fait la pluie & le beau temps ; & celui-là, bien plus habile, a enlevé aux Adeptes leur Art myſtérieux ; il fait de l'or, & c'eſt avec le ſecours des *ſimples* qu'il accomplit ſon grand œuvre.

La voiture qui me portoit avoit déjà laiſſé un peu loin derrière elle la petite Ville d'où l'on m'avoit ſorti, lorſqu'un événement vint enfin me tirer de mon profond ſommeil. L'hôte, qui s'étoit apperçu de la fuite de ſon locataire, arriva bien vîte, criant & s'acharnant à arracher de la voiture les ſeuls garants de ſon loyer. Le Propriétaire des meubles défendoit auſſi ſon bien avec beaucoup de chaleur. Pendant ce cruel conflit, je me ſentis la tête ſi violemment heurtée, que croyant avoir reçu un coup de poing de mon Phyſicien anti-Attractionaire,

je me levai avec fureur pour lui faire une ré-
ponfe pour le moins auffi frappante : mais en
me levant en furfaut, au lieu du Phyficien, je
renverfai l'hôte, qui fe difpofoit à enlever le
matelas fur lequel j'étois étendu. En pouffant
un cri effroyable, il fe relève & prend la fuite
ainfi que fon Adverfaire. Mon apparition fubite
& inattendue, l'obfcurité qu'il faifoit alors, &
ma taille gigantefque auprès de celle des Habitans de la Lune, qui n'excédoit pas la hauteur
de quatre pieds (1), leur firent croire facile-
ment que j'étois au moins un Fantôme, fi je
n'étois pas un Diable.

Oh ! de quel étonnement ne fus-je pas faifi à la
vue de tant de chofes extraordinaires , & que
le fouvenir de mon voyage aërien rendoit plus
merveilleufes encore ! Suis-je toujours en l'air,
me difois-je ; comment fuis-je tombé fans le
fentir ? & pourquoi me trouvé-je fur cette voiture ? pourquoi ai-je dormi ? pourquoi, en me
réveillant, ai-je fi fort épouvanté ces deux petits
hommes ? Je doutois fi je dormois encore ; je

---

(1) Les Savans ne manqueront pas de m'objecter que
la différence qui fe trouve entre la grandeur des Habitans de la Lune & ceux de la Terre , n'eft point en ana-
logie avec la différence des diamètres de ces deux pla-
nètes : tant pis pour ceux qui trouvent des rapports géomé-
triques par tout. Mais mon Oncle a vu ; on ne peut rien
répliquer à cela.

doutois même fi j'exiftois. Où fuis-je? eft-ce à Montmartre ou à Goneffe (1)? Hélas, je ne vois plus la Seine! je ne vois plus les tours de Notre - Dame! peut - être fuis-je dans la Chine, ou bien dans ce pays de Nains où jadis voyagea Gulliver? La petite taille des hommes que j'avois vu fuir fembloit me déterminer à le croire; un Phyficien n'eft pas obligé d'être un parfait Géographe. Ce foupçon me parut fe confirmer, lorfque cherchant à defcendre de la voiture, ma main fe pofa naturellement fur une petite figure humaine, que je pris tout de fuite pour un Habitant de ce pays. Comme il ne faifoit aucun mouvement, je crus l'avoir étouffé; mais je revins bientôt de mon erreur, en appercevant, à la faveur du jour qui commençoit à poindre, que c'étoit feulement une Marionnette.

A peine fus-je remis de mon étonnement, que j'apperçus de loin un de mes petits hommes. J'employai la voix & le gefte pour le raf-

____

(1) Le premier Ballon qui s'eft élevé à Paris eft tombé à Goneffe. On s'eft moqué de l'alarme que fa chûte occafionna à ce peuple de Boulangers : mais on peut bien excufer des Boulangers de Goneffe de déraifonner fur la Phyfique, puifqu'on voit des Phyficiens de Paris qui déraifonnent fi favamment fur la Boulangerie. C'eft ce qu'a démontré mon bon ami Céfar Buquet, ancien Meûnier de l'Hôtel-Dieu, dans fes Obfervations fur cet Art.

furer, & le déterminer à me joindre. Il s'ap-
prochoit ; mais c'étoit avec cette lenteur que
donne la crainte. Moins timide pourtant que
fon adverfaire qui ne reparut point, il m'acofta,
mais en tremblant ; je le reçus fi amicalement,
qu'il n'eut plus de frayeur , & nous cheminâmes
enfemble.

CHAPITRE III.

La fuite du précédent.

C'É T O I T à lui qu'appartenoient les meubles
& la voiture. Il fut bientôt apprivoifé avec
moi. En ma qualité de Phyficien, je m'appli-
quois à chercher fon cœur fur fa figure : mais
elle me parut indéchiffrable , tant l'expreffion
en étoit vague ; elle reffembloit à la phyfiono-
mie de ces fripons honnêtes , de cês intri-
gants chez qui l'habitude de garder le mafque
de la fourberie efface entièrement les traits ca-
ractériques de leur vifage. Autrefois on connoiffoit l'homme à fa face ; aujourd'hui une
efpèce d'hypocrific, appellée politeffe , a tout-
à-fait obfcurci ce miroir de l'ame.

L'idiôme de ce pays de la Lune , fi l'on en
excepte le peu d'ufage que l'on faifoit des
confonnes , avoit beaucoup de rapport avec la
langue Françoife : avec un peu d'étude , je

parvins bientôt à le parler & à l'entendre. Ce fut alors que ma curiofité fe foulagea par une infinité de queftions de tous les genres. J'appris que mon Compagnon de voyage étoit Directeur d'une Troupe de Comédiens de bois que l'on nomme en françois Marionnettes ; j'appris, par le récit de fon déménagement & de fa fuite nocturne , de quelle manière j'avois pu tomber & de quelle manière j'avois pu être placé fur la voiture ; je n'oubliai pas non plus de m'informer fi l'attraction univerfelle étoit auffi démontrée aux Phyficiens de la Lune qu'à ceux de la Terre. Comme il ne me répondit rien de fatisfaifant fur cet objet , je m'en confolai en le queftionnant fur les mœurs & les ufages de fon pays. « Ma foi , me répondit-il , quoique j'aie vécu dans le grand monde , je n'ai point fait un regiftre de ces chofes-là ; mais ce que j'aurai plus de plaifir à vous raconter , & ce qui répondra à la plupart de vos queftions , c'eft mon hiftoire ».

L'état de cet homme , fes manières aifées qui annonçoient qu'il avoit tenu un rang plus diftingué , fon ton de franchife & d'infouciance prefque toujours accompagné d'une gravité philofophique , me firent juger que cette hiftoire pouvoit renfermer des traits piquants ; je l'écoutai , il commença ainfi :

CHAPITRE IV.

Hiſtoire de l'homme aux Marionettes.

JE ſuis le fils d'un honnête Laboureur, habitant d'un Village ſitué ſur les limites d'un Royaume voiſin. Heureux, ſi mon père m'eût appris l'Art antique & reſpectable de cultiver le champ de ſes aïeux ! j'aurois ignoré les jouiſſances de la vaine gloire & les ſupplices qui la ſuivent; j'aurois conſervé mon nom de Kirkerdorf, que j'ai abandonné pour prendre celui de Oë. Mais malheureuſement je ſus lire & écrire de bonne heure; & perſuadé par le Magiſter de mon Village que j'étois un garçon de génie, je pris mon eſſor vers la Capitale de ce Royaume.

Me voici dans un monde nouveau, cherchant à connoître les uſages & les manières qui, dans ce pays-là, ſont des ſciences de première néceſſité. Je m'apperçus bientôt que les différens tons des Sociétés ſe réduiſoient à trois ou quatre ſortes tout au plus. Prenez, quittez à propos le maſque d'étourdi, d'hypocrite & d'important, vous poſſéderez les points cardinaux du moyen de parvenir. Chaque Société exige qu'on joue un de ces perſonnages : mais pour qu'il n'y eût jamais d'erreur & qu'on ne prît point un rôle pour un autre, je pense qu'il ne seroit pas mal que dans chaque anti-chambre on trouvât le masque du caractère de la maison. Je veux faire un jour un gros Livre sur l'utilité d'un pareil usage.

Je n'épargnois ni courses, ni soins, pour me mettre dans le chemin de la fortune. Après plusieurs démarches inutiles, on me conseilla de me présenter à un Grand-Homme du siècle, protecteur des jeunes gens, révéré comme un sage, un Apôtre de l'humanité, enfin comme le Patriarche de la Philosophie. Je lui déclarai que je savois les Langues anciennes, l'Histoire, la Géographie & les Mathématiques. J'ignorois à-peu-près toutes ces Sciences-là ; mais on m'avoit assuré qu'en pareil cas, le moyen de faire une fortune rapide étoit de mentir bien effrontément. Je suivis donc ce conseil exacte-ment. Sans autre examen, le Grand-Homme me répondit d'un ton pédantesquement mielleux : Je suis bien fâché de ne pouvoir vous être d'au-cune utilité ; *mais le cercle de vos connoissances est trop circonscrit.*

Je me présentai à un homme qui étoit le Conseil de tous les gens à projets, & dont le sentiment étoit toujours prépondérant. Il avoit jadis été chef de parti, & se désespéroit de voir que depuis long-temps il n'étoit plus de mode. Je lui dis, fuivant mon ufage : —Je fais les Langues anciennes, l'Hiftoire, la Géographie & les Mathématiques. — Vous ne favez que cela, me dit froidement mon nouveau Protecteur ; ne fauriez-vous pas copier les manières d'un imbécille, d'un niais, & amufer tous les Seigneurs de la Cour en imitant la converfation d'un Crocheteur ? Ou fi vous pouviez aboyer comme un chien, voilà ce qui s'appelle imiter la belle nature. Si vous pouviez manger des pierres, avaler des couteaux, des rafoirs (1) ? —Ma foi, non, Monfieur, répondis-je. —Mais favez-vous guérir les malades en les touchant ? — Non plus, Monfieur. — Sauriez-vous tirer les cartes, donner la bonne fortune à nos petites Maîtreffes ? fi par hafard vous aviez affez bon œil pour voir à travers vingt pieds de terrein, pour voir clair dans l'obfcurité (2) comme en plein midi ? — Non, Monfieur. — Eh bien, faites donc des Vaudevilles ou de mauvaifes Tragédies ; je ne vois que ce moyen pour vous tirer d'affaire. — Je ne crois pas pouvoir faire

---

(1) On a vu à Londres un homme qui a fait une fortune brillante en avalant des couteaux & des rafoirs.

(2) Une Académie a propofé la découverte d'un inftrument qui pût, dans l'obfcurité, faire voir clair à celui qui le porteroit : découverte fort utile, lorfqu'on aura perdu l'ufage de faire de la chandelle.

aucune

aucune de ces chofes-là. — J'en fuis fâché ; vous ignorez tout ce qui mène à la fortune —. Je pris honteufement congé de ce terrible homme, en me difant : On ne m'avoit pas prévenu de cela. Je fuis donc bien ignorant ? ce n'étoit pourtant pas ce que difoit le Magifter de mon Village.

Quelques jours après on m'introduifit chez un Protecteur bannal. C'étoit un homme unique pour les reffources ; il poffédoit , autant qu'il eft poffible , le talent merveilleux de commander aux caprices de la fortune ; il créoit fes favoris, il étoit le difpenfateur de fes graces. Par fon fecret, tel Pied-plat étoit devenu un puiffant Financier ; tel autre, un Miniftre ; tel Poëte des Beautés d'anti-chambre , un grave perfonnage , un génie du premier ordre. C'étoit un grand homme.

—Je fais , lui dis-je , les langues anciennes , l'Hiftoire, la Géographie & les Mathématiques. — Cela ne fait rien à la chofe, me répondit-il ; dites-moi feulement quelle eft la place qui vous conviendroit le mieux —? A cette queftion inattendue , je me fentis pénétré de cette joie vive que donne l'efpérance du bonheur. Je vais donc ceffer d'être miférable , me difois-je ; la fortune fe laffe donc de me perfécuter. Mon Magifter me l'avoit bien dit que j'étois fait pour me diftinguer dans le monde.

B

Dans cette agréable perfuafion , je crus qu'il convenoit de faire éclater ma franchife, en lui avouant tout bonnement que je ne favois point contrefaire les manières des Crocheteurs, que je n'avois pas d'affez bons yeux pour voir à vingt pieds fous terre, & que j'ignorois abfolument l'art utile de tirer les cartes. — Cela peut avoir fon avantage, me répondit·il ; mais il n'eft queftion maintenant que de favoir quelle place vous defirez : eft-ce dans la Finance ? — Oh ! oui, dans la Finance ; on affure que c'eft le grand chemin de la fortune. — Eh bien , j'en ai une toute prête, & je vous la promets —. Je ne favois comment remercier mon bienfaiteur ; je prodiguois , comme c'eft l'ordinaire, les mots d'obligation, de reconnoiffance. — Vous avez bien raifon, me dit-il, car c'eft une place excellente ; avant qu'il foit peu de temps, je veux vous voir avec une voiture qui éclabouffera le monde entier, des Laquais bien infolents , & une Maîtreffe qui effacera par fon fafte toutes les Dames de la Cour. — Ah, Monfieur ! m'écriai-je tranfporté de joie ; une voiture, des Laquais, une Maîtreffe ! comment pouvoir reconnoître un fervice auffi généreux ? — Avec dix mille pièces d'or , me répondit-il, que vous me donnerez ; & je garantis votre fortune faite. Et ce n'eft pas trop , en vérité, fi vous confidérez ce qu'il me faudra donner aux Secrétaires, aux Valets-de-Chambre, aux Maîtresses des uns & des autres, croyez-vous qu'après cela il m'en restera beaucoup ? A peine eut-il achevé, que je tirai honteusement ma révérence, bien désespéré de n'avoir pas dix mille pièces d'or pour les Secrétaires, les Laquais & les Maîtresses, afin de devenir tout-à-coup un grand Seigneur.

Enfin j'eus à faire à des gens à projets qui, en me faisant voir de loin une brillante fortune, achevèrent de m'enlever le peu qui me restoit & me volèrent le prix de mes travaux. Je devins misérable, par conséquent méprisé. J'avois encore cette noble fierté, qui élève l'ame du malheureux & le console. Mais cette vertu infructueuse succomba par degrés aux atteintes du besoin ; je fis des dettes, je manquai à ma parole, je m'accoutumai à emprunter, & mon front se cuirassa insensiblement contre les traits de mes créanciers.

Le jeu m'offrit ses ressources ; mes scrupules furent en diminuant : je devins fripon, comme c'est l'ordinaire, & je fis fortune. Je fis l'important ; j'étois un galant homme : on me chérissoit, on m'idolâtroit ; j'avois de l'or.

La considération que donne la possession de ce métal ne suffisoit pas encore à mon ambition ; je voulus mériter l'estime de quelques honnêtes gens. Je savois que pour cela il falloit être le mari d'une femme bien coquette, bien galante, bien aimable; j'en trouvai fans peine une, qui poffédoit à un point éminent toutes ces vertus de Société. Ma chafte époufe, qui faifoit bien les honneurs de fa maifon, étoit devenue pour moi un fonds inépuifable d'honneur & de richeffes.

Ayant depuis quelque temps, dans l'efprit de bien du monde, la réputation d'un être important, il me prit fantaifie de le devenir tout de bon. Ma femme, à qui je paffois de bon cœur tous fes caprices, me paffa volontiers celui-là. Je me mis donc en tête de faire des projets, de changer la face des chofes & de renouveller l'Adminiftration. A l'aide d'un efprit que je foudoyois, je faifois des Profpectus pompeux, des Mémoires admirables, à la faveur defquels j'allois chez les Grands quêter des applaudiffemens & des foufcriptions (1). Tout fut au gré de mes defirs; mon projet

---

(1) Si le Public vouloit fe donner la peine de voir de près dans les grandes entreprifes propofées par foufcriptions, il trouveroit que les agens fecrets de la grande machine font, ou un jeune Phyficien ardent & inftruit, mais ignoré; ou un Ecrivain eftimable, mais pauvre; ou un jeune Géographe habile, mais inconnu. A la tête de ces gens, toujours mal payés, il trouveroit enfuite un ignorant poli, mais fans pudeur & fans délicateffe.

étoit miraculeux, divin, inconcevable, on n'avoit pas d'idée de cela : c'eſt ce qu'on diſoit dans les bonnes compagnies. J'étois un génie vaſte, un homme profond ; il ſuffiſoit ſeulement de me nommer pour faire l'éloge de mes Ouvrages : c'eſt ce que répétoient fidellement la plupart des Journaux. Rien n'eſt plus facile à perſuader que l'amour-propre ; je crus ſans peine être doué de toutes les bonnes qualités dont on me gratifioit. Ce fut alors qu'il fallut néceſſairement me revêtir de tout l'extérieur philoſophique. Ton ſententieux & réſervé, air diſtrait & occupé, miſe ſimple, démarche grave, ſourcils toujours froncés ; rien ne fut négligé. Quand j'ouvrois la bouche, c'étoit pour parler de bienfaiſance, de juſtice, de bonheur des Peuples & d'humanité. Vous voyez que j'étois Philoſophe au dernier carat : auſſi ma gloire fut complette, & ma réputation parvint à ſon plus haut période.

Cela vous ſurprend, me dit mon Compagnon de voyage, qui me voyoit ſourire ! vous êtes étonné de voir qu'ayant joué un ſi grand rôle parmi les hommes, je ſois réduit à en jouer un ſi petit avec des Marionettes ! C'eſt la loi du ſort. En finiſſant ces mots, nous arrivâmes dans une Ville où nous paſſâmes la nuit. Le lendemain nous continuâmes notre route vers la Capitale du Royaume ; & Oë continua ainfi fon hiftoire :

CHAPITRE V.

Suite de l'Hiftoire d'Oë.

O INCONSTANCE des chofes de ce monde ! falloit-il qu'un grand Philofophe comme j'étois, fût réduit à la néceffité de jetter fes meubles par la fenêtre pour éviter le paiement du loyer ? Falloit - il qu'un Génie capable d'endoctriner un Peuple entier, fe vît forcé de diriger des Marionettes ? Vous allez voir comment cela m'eft arrivé.

L'abondance, les fuccès, la confidération couronnoient ma complaifance pour ma fidelle époufe; elle étoit ma feule reffource. Auffi-tôt que je voulus m'oppofer à fes défordres, les querelles, les perfidies, le mépris & la misère devinrent les fruits de ma réforme.

Les fonds accoutumés me manquèrent ; mes travaux éprouvèrent des retards ; je manquai à ma parole. Mes coopérateurs n'étoient plus payés, mes Soufcripteurs murmuroient. Infenfi-blement je perdis leur confiance, & la confidé-ration que je m'étois acquife. On profita de cet inſtant de détreſſe , pour mettre au jour ma conduite, mon charlataniſme & mon incapacité. J'étois perdu ſans reſſource.

Ce fut alors que ma philoſophie m'inſpira un moyen bien ſimple pour me tirer de ce mauvais pas. Ma femme étoit très - riche en bijoux ; (ſoit dit entre nous) ils étoient le produit des faveurs qu'elle plaçoit à honnête intérêt entre les mains de ſes Amans. Par un petit raiſonnement bien naturel , je conclus que j'avois un droit inconteſtable ſur ces bi-joux ; en conſéquence de ce droit , je profitai d'une nuit favorable pour lui enlever tout ce qu'elle avoit de plus précieux , & je partis fort preſtement , abandonnant mes projets , ma femme & mes mauvaiſes affaires , comme on abandonne un méchant habit dont on ſe dé-pouille pour la dernière fois.

J'arrivai dans la Capitale d'un Royaume voiſin , ou j'étalai d'abord un faſte pompeux. Je fis enſuite des projets bien extravagants , bien difficiles à exécuter ; malgré cela, ils ne furent point accueillis. Je m'apperçus , mais un peu tard, que je n'étois plus dans ma Patrie : le caractère national étoit bien différent.

Enfin mes fonds baiſſèrent , & avec eux mon ambition. Je me crus trop heureux d'acquérir d'un Joueur de Marionettes, qui avoit fait une brillante fortune , ſes Acteurs de bois , ſon Théâtre portatif & le fonds de ſes Œuvres drama-tiques. Les Habitans de ce pays avoient un goût décidé pour les Spectacles ; le combat des coqs, celui de la canaille les charmoient infiniment , ainſi que les ſcènes où le Bourreau jouoit le principal rôle. Je mis à profit les inclinations de ce Peuple ; je fabriquai des Pièces nouvelles , & avec mes Marionettes je jouai les ridicules des Habitans : quand les plaiſanteries portent ſur le général , elles plaiſent à tous les Parti-culiers.

Je n'eus d'abord des Spectateurs que parmi la canaille ; mais un jour que la Servante d'une femme entretenue honora mon Spectacle de ſa préſence , mes affaires prirent une face plus avantageuſe. Charmée des bons mots , des calembours , des groſſières équivoques que débitoient mes Comédiens de bois , cette fille aſſura à ſa Maîtreſſe que mon Spectacle étoit charmant , divin. La Femme entretenue , le principal Locataire de ſes charmes , ſon Ami, ſa Marchande à la toilette, ſa Tailleuſe, ſon Coëffeur, ſon Abbé, on dit même ſon perro-quet , furent perſuadés au bout d'une demi-heure que j'étois un homme étonnant pour les Marionettes ; c'eſt ce que chacun de ces per-ſonnages aſſurèrent à cent autres. Ma réputation se répandoit d'une telle manière, qu'à la fin du jour une grande partie des Habitans sut que j'étois un prodige. Ma gloire se soutint avec éclat; je devins l'homme à la mode. On ne parloit, on ne se costumoit que par moi. On me grava, on me sculpta : mon portrait figuroit à côté de ceux des Grands-Hommes & des Héros de ce pays; & voilà comment se font les réputations. J'interrompis mon Conteur, pour lui dire que c'étoit tout comme sur la terre.

La gloire fait des ennemis, continua Oë. Un tas de gens affamés de réputation voulurent affoiblir la mienne, en publiant contre moi des pamphlets, des épigrammes de tous les genres. Ils prétendoient que mes Marionettes n'imitoient pas la belle Nature, que leur figure manquoit d'ame & d'expressions, & mille autres calomnies de cette espèce, qui ne firent qu'accroître ma renommée. Ce fut alors qu'un Faiseur de pirouettes fit tourner toutes les têtes de son côté; jamais homme n'avoit pirouetté avec tant de génie. La nouveauté m'enleva la faveur du Public, on m'oublia; les efforts que je fis pour l'emporter sur mon Adversaire m'entraînèrent dans des dépenses ruineuses qui ne me valurent aucun succès, mais bien du ridicule & du mépris : je n'étois plus de mode.

Trop fier pour montrer ma défaite après un
fi beau triomphe , je pris le parti d'abandon-
ner ce pays pour retrouver ma chère Patrie ,
où les génies auffi féconds que le mien ne
manquent jamais de reffources. J'arrivai d'a-
bord dans cette petite Ville, où le Ciel vous a
envoyé exprès , je crois, pour me délivrer des
perfécutions de mon créancier, que mes mauvaifes affaires m'obligeoient de quitter fans
payer.

Oë ayant fini fon hiftoire , me queftionna
beaucoup fur l'événement de mon voyage ; je
lui répondis que je ne tarderois pas à fatisfaire
fa curiofité , & nous continuâmes notre route.

CHAPITRE VI.

*Mon arrivée dans la Capitale du Royaume , & la
rencontre que nous y fîmes.*

Nous arrivâmes enfin dans cette fameufe
Capitale. A cette vue, j'éprouvai une fecrète
émotion; je crus entrer dans ma Patrie, la
bonne Ville de Paris. Hélas , mon cher Neveu &
ma pauvre Nièce ! j'étois bien loin de vous y
rencontrer , vous étiez bien loin d'y embraffer
votre pauvre Oncle ! Ce fouvenir me fit verfer

un torrent de larmes. Pendant que je pleurois de la forte , nous apperçûmes venir à grand train une voiture brillante ; tout fe rangeoit avec précipitation devant elle ; la foule des Piétons fembloit échapper par miracle au danger de fa courfe rapide, & ils fe trouvoient trop heureux d'être feulement couverts d'éclabouf
fures. Malgré notre promptitude & nos cris, ce char élégant renverfa impitoyablement l'humble & frêle voiture de mon Compagnon de voyage , ainfi que le bagage qu'elle contenoit , & par contre coups nous meurtrit & nous bleffa en différens endroits. Pendant que nous reftions anéantis de notre accident , que le char meurtrier s'éloignoit comme fi rien ne fut arrivé , huit ou dix bras vigoureux, qui fembloient attendre au coin d'une rue l'occafion de s'exercer, vinrent à notre aide & rétablirent dans un inftant le défordre de notre voiture ; à leur activité & à leur défintéreffement, on eût dit qu'ils fe vengeoient d'un outrage qu'ils avoient reçu.

Un homme , auffi remarquable par la fimplicité de fes habits que par la vivacité de fes habits , s'approcha de nous , & nous offrit fa maifon & les fecours qu'exigeoient nos bleffu
res. Nous acceptâmes ce fervice avec d'autant plus de reconnoiffance , qu'il nous étoit plus

néceffaire. Spectateur de notre événement , il connoiffoit le Maître de la voiture , & s'indignoit de voir de malheureux Etrangers foulés par l'arrogante opulence.

Je lui demandai fi celui qui fe faifoit tranfporter avec tant de diligence n'étoit pas un Envoyé de la Cour chargé de quelques dépêches importantes , ou peut-être un riche bienfaifant qui portoit du fecours à des infortunés. — Non , me répondit-il ; celui qui vous a fi maltraité n'a d'autre affaire , d'autres foins que de ne point s'ennuyer. Moitié Prêtre , moitié féculier , il n'eft chargé d'aucun devoir dans ces deux états. Il ne tient au Sacerdoce que par les richeffes qu'il en retire ; à la Société , que par les plaifirs qu'elle lui procure. Il eft Egoïfte par état. — Il faut pourtant , dis-je , que ces êtres mixtes foient doués d'un mérite diftingué , ou bien qu'ils aient rendu quelques fervices importants à la Patrie , pour en être fi bien gratifiés. — Ce n'eft pas une raifon , me dit-il , le vrai mérite ne penfe point aux gratifications : on l'apperçoit quelquefois ; mais il ne fe montre jamais. L'honnête homme qui rend un fervice à fa Patrie ou à fes Compatriotes , trouve fa récompenfe dans fon cœur ; mais de femblables dignités , dont l'événement eft arbitraire , font toujours le prix de l'intrigue & des plus viles cabales.

Il eſt bien étonnant , continuai-je , qu'on ait deſtiné de ſi grands biens à entretenir l'ambition, l'inutilité & les vices. — Des Fondateurs peu Philoſophes , me répondit cet homme , avoient pieuſement ſacrifié leurs fortunes dans la louable intention d'honorer la Religion & de ſoulager les pauvres ; leurs largeſſes ont eu un effet tout oppoſé ; effet ordinaire des richeſſes : ces eſpèces de Miniſtres de la Religion l'ont déshonorée par leur vie licencieuſe & leur luxe efféminé , & ils ont fait ſervir à leur libertinage le bien deſtiné à ſoulager les malheureux.

Je jugeai, d'après ce que me dit ce Sage , que ces Prêtres ne reſſembloient pas mal à ces Abbés à ſimple tonſure, qui en France ont acquis une ſi grande réputation dans les ruelles & aux toilettes des Dames.

Ce Sage bienfaiſant nous invita à reſter chez lui juſqu'au temps de notre parfaite guériſon ; nous ne pûmes nous refuſer à des offres auſſi obligeantes. Pendant ce temps, je ne ceſſois de le queſtionner ſur les mœurs de ſon pays ; & quoiqu'il ne fût pas excellent Phyſicien, comme je m'en fus bientôt apperçu , ſes réponſes étoient ſi ſenſées & annonçoient un Obſervateur ſi exact , que je lui accordai toute ma confiance. Oë nous amuſoit quelquefois par des hiſtoires plaiſantes, & avouoit de bonne foi qu'il avoit connu bien des Philoſo-phes, & que lui-même en avoit fait le métier ; mais que jamais la Philoſophie en réputation, n'avoit reſſemblé à la Philoſophie qui reſte dans l'obſcurité ; que ceux qui faiſoient profeſſion de la première ne ſe déterminoient à faire le bien que lorſqu'ils étoient ſûrs de ſa publicité, & que ceux qui profeſſoient la ſeconde faiſoient le bien en toute occaſion : Philoſophie rare, diſoit-il, à laquelle il n'avoit jamais cru !

CHAPITRE VII.

Comme quoi Oë nous quitta.

C'EST un clyſtère, dis-je un jour à mon Hôte, qui me procure le plaiſir de vous en-tendre ; oui, un clyſtère d'air inflammable, qui m'a fait franchir l'eſpace immenſe qui ſépare la Terre de la Lune. La reconnoiſſance que je dois à vous ainſi qu'à Oë, me fait un devoir de vous raconter l'hiſtoire merveilleuſe de mon voyage. Alors je leur rapportai comme quoi je m'étois diſputé avec un Phyſicien qui ne vouloit pas croire à l'attraction univerſelle ; comme quoi cette diſpute me cauſa une vio-lente colique, & comme quoi on m'adminiſtra

le fatal remède d'air inflammable qui me fit
paſſer par la fenêtre , voler dans les airs , &
enfin arriver dans la Lune , où je m'étois
abattu ſur un matelas qu'Oë avoit jeté dans la
rue. Je leur parlai enſuite des miracles qu'opé-
roit l'air inflammable ; comme quoi il élevoit
les Phyſiciens & leurs fortunes ; comme quoi
il changeoit le papier en or , & l'or en fumée ;
& de mille autres choſes auſſi étonnantes. Oë
en auroit bien plaiſanté , s'il eût cru trouver des
rieurs ; mais il ſe contenta de ſourire. Notre
ſage Hôte n'étoit pas de ces Savans comme on
en connoît , dont la réputation les met en droit
de limiter l'entendement humain ; qui réprou-
vent , en Deſpotes , toutes les innovations
qu'ils n'ont pas ſu imaginer. Il n'avoit pas
non plus la crédulité du vulgaire ; mais il dou-
toit comme un Sage. Je lui aſſurai que s'il
vouloit me ſeconder , l'expérience banniroit
entièrement ſes doutes. Il s'y engagea , & je
fis un Ballon aëroſtatique qui s'envola & ſe
perdit dans les airs. A la vue de cette mer-
veille , je liſois ſur le viſage de mon Hôte ce
raviſſement , cette joie pure qu'enfantent les
ſuccès , tandis qu'Oë , tout en admirant , pa-
roiſſoit agité & réfléchi. Quelque temps après,
il devint ſombre , rêveur , & finit par nous quitter bruſquement , ſans que nous ſuſſions la

caufe de fon mauvais procédé & le lieu de fa retraite.

Pendant que le bruit de mon expérience voloit de bouche en bouche & faifoit la nou-velle du jour, je me trouvai affez bien remis de mes meurtriffures pour parcourir la Ville, & profiter des obfervations que vouloit bien me faire mon Sage fur les mœurs de fon pays.

CHAPITRE VIII.

La Loterie & les Pauvres.

Qu'est-ce donc, &c ? . . . .
. . . .
. . . .

Mais voici l'heure du Spectacle, entrons-y.

CHAPITRE IX.

Des Spectacles.

MALGRÉ la grandeur de la Salle, elle ne put contenir le nombre de ceux qui s'y pré-fentoient. C'eft, me dit mon Sage, parce qu'on donne aujourd'hui une nouvelle Tragé-die. On affure qu'elle eft bien noire, bien atroce, enfin qu'elle eft fuperbe. Autrefois la gaieté, la folie, ou le tendre & le fublime,

attiroient

attiroient les Spectateurs. Autrefois les Auteurs Dramatiques, après avoir connu le cœur de l'homme & les ressorts des grandes passions, soumettoient, aux règles prescrites par la raison, les élans de leur génie. Aujourd'hui ce n'est plus la même chose ; ce sont les cris du désespoir, les remords déchirans, les atrocités qui charment. Melpomène & Thalie ne sont plus que des vieilles Prostituées, qui, connoissant l'impuissance de leurs charmes, ont la complaisance de se prêter à tous les caprices de leurs Amans. Les uns, d'un ton sévère & sententieux, ont fait une chaire d'un théâtre ; les autres, alliant la scélératesse au mauvais goût, en ont fait une boucherie révoltante. Ceux-ci font des peintures outrées du ravage des passions, qui laissent dans les cerveaux exaltés l'impression d'une sombre mélancolie, ou le germe de ces frénésies si dangereuses à la Société. On ne fait plus rire au spectacle, on n'y fait plus verser des larmes d'attendrissement : mais on y fait peur ; & nous sommes comme les enfans, nous aimons les contes qui font peur.

Cependant la Pièce commença. Après des entrées & des sorties, dont l'Auteur seul savoit la cause, le Héros parut. Couvert de gloire par la défaite des ennemis de son Roi, il revenoit à la Cour recevoir les honneurs dus à son courage. Mais ce Grand-Homme , ce Héros , ce Sage même , a malheureufement toute la foibleffe d'efprit d'une femmelette mal élevée. Il a des vifions; il croit aux fonges & aux Sorcieres , & vous verrez qu'il a peur encore des Revenans. Sa femme, qui n'a point de vifion, & qui eft en comparaifon de lui un efprit-fort, a un caprice un peu étrange ; il lui prend envie de devenir reine : mais pour cela il faudroit mettre fon mari fur le Trône, & pour y réuffir, il faudroit faire affaffiner le Roi , à qui elle ne croyoit point d'héritiers. Elle propofe donc à fon mari de commettre cette atrocité. Elle renouvelle fes follicitations pendant deux actes éternels. Celui-ci , après avoir oppofé de fuperbes maximes , lui dit pour dernier mot : Si jamais le Roi étoit attaqué par fes ennemis, il ne manqueroit pas de m'appeller à fon fecours , & j'y courrois pour le défendre. Cela arrive à point nommé. Des Affaffins s'introduifent, à la faveur de la nuit, dans la chambre du Roi ; ce Prince malheureux appelle notre Héros à fon fecours ; celui-ci vole pour le défendre : mais malgré cette première impulfion de fon cœur , malgré fa promeffe, malgré la circonftance , fes fages maximes & les droits de l'hofpitalité , ce Héros , ce Grand-Homme change tout-à-coup de fentiment ; au lieu de fecourir fon Maître contre fes Affaf fins, c'eft lui-même qui lui porte le poignard dans le fein & qui lui arrache la vie d'une manière fi lâche ; & tout cela, pour ne pas déplaire à une femme qui n'eft que fon époufe. Cette fcélérateffe inouie, & fi mal amenée, eft fuivie, comme de raifon, de violens remords. Pour un criminel novice, ce coup d'effai eft un peu fort ; auffi notre Héros exprime fon repentir d'une voix fi peu ménagée, qu'un Vieillard qui écoutoit dans ce moment à la porte, entend l'aveu du crime de la bouche même du criminel. Il fort, & va difpofer le fils du Roi, qui jufqu'alors avoit été inconnu, à venger le meurtre de fon père. Cependant le Héros, toujours agité de remords, veut monter fur le Trône pour recevoir le ferment de fes nouveaux Sujets : mais, qui l'auroit cru ? il eft foudain arrêté par un Revenant. Saifi d'effroi, affailli par de nouveaux remords, il paroît en démence. Sa femme lui reproche fa pufillanimité, & dit au Peuple, pour excufer fon mari, que l'efpèce humaine eft malheureufement fujette à de femblables lubies. Enfin il eft Roi. Il apprend que le Vieillard qui l'écoutoit à la porte a foulevé une partie de fes Sujets contre lui ; il le fait mettre dans les fers, & le fait venir enfuite fur le Théâtre. Celui-ci lui reproche fon crime : le nouveau Roi s'avance pour poignarder encore ce fage Vieillard ; mais celui-ci a la rufe de fe déboutonner bien vîte, & de lui montrer fa ceinture qui eft teinte de fang. Notre Héros ne manque pas de reconnoître la couleur du fang royal qu'il a fait couler. Ses remords & fes vifions renaif-fent, il fe jette aux pieds du Vieillard. C'eft alors qu'il s'avife, mais un peu tard, de con-trarier fa chère époufe ; il renonce à la Royauté, défigne à fon Peuple fon véritable Souverain, & finit, comme à l'ordinaire, par fe poignarder.

Quoique depuis long-temps j'euffe négligé les Spectacles de Paris, parce que cela ne prouve rien en Phyfique, je me rappellois ce-pendant d'avoir autrefois vu les chefs-d'œuvre des Corneille & des Racine ; j'attribuois la grande différence qui exiftoit entre ce que je venois de voir & les Tragédies de ces fameux Auteurs, à la différence qui fe trouve nécef-fairement entre les goûts & les mœurs de deux Nations auffi éloignées que la France l'eft à ce pays de la Lune, & je n'ofois dire mon fenti-ment : mais mon Camarade, à qui je demandai le fien, fit un profond foupir & ne répondit rien.

— Avez-vous d'autres Spectacles, demandai-je encore ? — Oui, me répondit-il ; mais la trifteffe & le mauvais goût s'y introduifent infenfible-ment. Il en eft un fameux pour le plaifir des yeux & des oreilles, où l'efprit n'a rien à faire ;

c'eſt le plus conſtamment ſuivi. Un autre Théâtre étoit jadis abſolument conſacré aux ris & aux bergeries ; mais il eſt tout fier d'avoir obtenu depuis quelque temps le droit d'être larmoyant & lugubre. Il en eſt quelques autres, moins célèbres & moins anciens, derniers aſyles où Momus fait retentir ſes-grelots ; c'eſt la gaieté avec les graces, c'eſt la ſageſſe ſous le manteau de la folie : Théâtres enfans, où la vieilleſſe vient oublier ſon âge, & l'homme occupé ſes affaires.

CHAPITRE X.

Des Sciences & des Arts de la Lune.

UN beau matin que nous étions diſpoſés à continuer le cours de nos obſervations, nous arrivâmes dans une rue renommée par la demeure des Marchands d'images, de livres, de tapiſſerie de papier, de géographie & d'Almanachs. Ces eſpèces mercantilles étoient tellement dégradées, qu'il ſuffiſoit de nommer la rue qui les avoit vu naître pour en faire la ſatyre.

Mon Conducteur avoit beſoin d'un calendrier, & nous entrions dans une boutique ; mais je l'arrêtai tout court. — C'eſt ici le cabinet d'un Savant, vous vous trompez, lui

dis-je ; lifez fur ce tableau : *Ingénieur-Géographe*.
Seroit-il poffible qu'un Ingénieur-Géographe
du Roi fût réduit à vendre des Almanachs ?
— Dites plutôt, me répondit mon Sage, comment eft-il poffible qu'un Marchand d'Almanachs s'intitule *Ingénieur-Géographe* — ? Nous
fîmes quelques emplettes ; après quoi mon
Camarade fit à ce Marchand plufieurs queftions;
il nous répondit en nous étalant des monceaux
de cartes enluminées, & nous le quittâmes.

Chemin faifant, mon Sage ne laiffoit rien
échapper. Il me fit voir des Temples, des Salles
de Spectacles, des Edifices particuliers : c'étoit
par-tout le même genre d'Architecture. Le
Magiftrat, le Grand-Prêtre, le Financier, la
Saltimbanque font élever des Temples pour s'y
loger. Chacun veut être Dieu chez foi, & chacun reçoit journellement dans fon fanctuaire
les hommages d'un vil troupeau d'Adorateurs.
Il eft fouvent arrivé que les Architectes, qui
n'entendent pas raillerie fur le prix de leurs
travaux, fans refpect pour l'apothéofe, ont
fait vendre les meubles du Dieu, parce qu'il
avoit voulu l'être un peu plus que les autres.

Nous entrâmes dans un célèbre Cabinet de
curieux. Il renfermoit des chefs - d'œuvre de
tous les genres. Cette rare collection coûtoit
des fommes immenfes. J'admirois, comme tout
le monde, avec la bonne foi d'un Phyficien

qui n'eſt pas initié dans les Arts. — Il manque dans ce Cabinet une pièce bien intéreſſante , dit mon Camarade ; c'eſt l'inſcription de ces mots : *La vanité d'un homme retient ici le bonheur de cent familles.* En effet , continua-t-il , cent familles vivroient heureuſes avec le prix de ces ſaſtueuſes & inutiles antiquailles. Le Poſſeſ-ſeur , qui eſt bientôt las de les admirer , s'em-pare du bonheur de tant d'individus pour l'uni-que ſatisfaction de s'entendre dire : Vous avez-là un Original précieux, un ſuperbe Tableau. Oh, le ſuperbe Tableau , que le bonheur de cent familles — !

Enfin nous arrivâmes dans une Aſſemblée de Littérateurs, de Savans , d'Artiſtes, &c. &c. &c. — Ce concours de gens à talens , dis-je , offre une inſtitution bien louable ; en ſe corri-geant, ſe communiquant, le goût s'épure, & l'on coopère mutuellement au progrès des con-noiſſances humaines. — Ce n'eſt pas tout-à-fait cela, me dit mon Sage ; le dernier Littéromane, avec une ſomme modique , achète l'honneur d'être Membre de cette eſpèce d'Académie , avec le droit d'exiger tous les huit jours les applaudiſſemens des Conſrères , & tous les mois celui de quatre cents Auditeurs complai-ſans. C'eſt un tribunal d'indulgence, où l'a-mour-propre qui l'a érigé, condamne à la tor-ture les mâchoires & les oreilles de ſes Juges.

— Parlez-moi des Sociétés favantes ; dis-je ; y en a-t-il beaucoup dans ce pays ? — Trop peu pour rabaiffer la morgue des Membres , & trop pour l'honneur des talens. Le Trône Académique eft pour les uns le tombeau de leur génie , & pour les autres , la preuve du génie qu'ils n'ont pas ; ceux-ci raifonnent de cette manière : *Les Membres de la Société doivent avoir un mérite diftingué ; je fuis Membre , donc j'ai un mérite diftingué.* Ce n'eft pas du talent que ces Meffieurs exigent dans leur Récipien-daire : mais il eft obligé de prouver qu'il n'a jamais écrit, débité aucunes maximes qui con-trarient celles reçues dans l'augufte Société ; il faut qu'il trouve le moyen de plaire aux Mem-bres prépondérants , de les cajoler , d'être aux petits foins. Ainfi qu'un homme galant auprès d'une petite Maîtreffe , il lui faut fourire à leurs calembours , aimer leurs amis, détefter leurs antagoniftes ; enfin fe moucher , cracher , touffer & applaudir comme eux. — Etes-vous de quelques Académies , demandai-je à mon Sage ? — Non , me répondit-il. Mais j'aime mieux que l'on me demande pourquoi je n'en fuis pas , que fi l'on me demandoit pourquoi j'en fuis —.

Nous fûmes interrompus par le fon d'un timbre qui annonçoit l'ouverture de la féance. Le premier Lecteur parla très-longuement de *répartition* , de *denrées* , *du produit net* , *de l'impôt* , &c. Un autre Lecteur parut; il triomphoit d'avoir démontré que $a + b = x - y$. On fuccomboit fous le poids de l'ennui, lorſqu'un Savant diſtingué s'avança. L'attention de chacun fe réveilla; il parla d'une fcience inconnue à la plupart des Auditeurs : fcience myſtérieuſe, renouvellée depuis quelque temps d'un Peuple de l'antiquité. Il parloit beaucoup de *pur feu*, *d'humide radical*, *de nombre*, *d'arbre univerſel*, *d'agens purs & intermédiaires*, *de centre intellectuel*, *d'eſſence amalgamée*, &c. Je ne pus réſiſter à cette docte & aſſommante differtation, & je m'endormis au fon de *réaction des êtres & des puiſſances feçondaires* (1).

Je dormois encore, lorſque le bruit de pluſieurs inſtrumens me réveilla en furfaut. Dans la crainte que les Auditeurs fortiſſent mécontens, & pour bannir de leurs cerveaux les vapeurs foporifiques que la Science avoit introduites, on avoit eu le bon efprit de terminer la féance par une muſique agréable; c'eſt ce

----

(1) Si mon Oncle avoit lu le Livre de *la Vérité* en deux volumes, celui du *Tableau naturel des rapports qui exiſtent entre Dieu*, *l'Homme & l'Univers*, &c. auſſi en deux volumes, il auroit remarqué que cette Science renouvellée des Grecs & des Egyptiens, commence à s'introduire en France.

qu'on appelle renvoyer les gens fur la bonne bouche.

— A propos de mufique, demandai-je à mon Sage, dans quel état eft-elle dans ce pays de la Lune ? — Un homme, me dit-il, qui faifoit lui-même de la mufique, a foutenu long-temps qu'il n'y en avoit point. Deux Muficiens fameux font venus après lui ; ils ont fait fecte, & ont occafionné de longues querelles. Ces difcordances entre des gens qui font profeffion d'harmonie, dépofent un peu contre la perfection de leur Art—.

CHAPITRE XI.

Des Mœurs de la Lune.

L'EXPÉRIENCE aëroftatique que j'avois faite occafionnoit une fi grande fenfation dans la Capitale : on en parloit chez les Savans comme d'une chofe folle ou fort ordinaire ; chez les gens raifonnables, comme d'une découverte intéreffante, & parmi ce qu'on appelle la bonne Société, comme une curiofité, une nouvelle mode. Chacun vouloit me connoître ; chacun affuroit avoir mangé, converfé avec moi familièrement, & fouvent il n'en étoit rien. Mon Sage & moi étions invités dans plufieurs Sociétés : nous nous rendîmes un jour dans une qui étoit réputée du bon ton.

—.Un Observateur doit tout voir, disoit-il, allons observer —. Chemin faisant, nous traversâmes un jardin superbe; le luxe & l'élégance de ceux qui s'y promenoient en faisoient le plus bel ornement. — Tout respire ici le bonheur, l'aisance ou la richesse, dis-je à mon Sage. — Ce bonheur, me répondit-il, que vous attribuez à cette foule brillante, n'en est que l'apparence ; c'est à cette apparence que l'on sacrifie, sans examen, les loix de la décence & de la Nature. Ce dehors éclatant, ce luxe est le père des vices ; il a pris la place des vertus ; la considération qu'elles attiroient, lui seul l'a usurpée ; on ne respecte un homme ni par sa probité, ni par ses mœurs, mais par ses équipages & ses Laquais. Ce n'est pas seulement chez l'opulent que ce mal domine : chez les gens à médiocre fortune, il altère à-la-fois les facultés morales & physiques ; pour satisfaire aux besoins de l'opinion, l'homme peu fortuné retranche sur les besoins les plus pressans de la Nature. Un Coëffeur, une Marchande de Modes emportent bien souvent le souper de nos minces Bourgeoises. Le Fat trompe les uns par un faux éclat, & ruine les autres par un crédit forcé; il se fait considérer par ses habits ; il est tout fier de ce mérite : c'est le seul qu'il ait ; & il le doit à son Tailleur —.

A peine fûmes-nous arrivés dans la maison où l'on nous attendoit, que la Dame nous fit introduire dans fon cabinet de toilette ; *elle le vouloit abfolument.* La Divinité de ce joli Temple, en mettant la dernière main à la façon de fa beauté, recevoit l'encens de quelques Adorateurs. Trois fats, deux à épée, un à rabat, lui difoient poliment de *jolies chofes.* Elle y répondoit, en s'exerçant dans l'art heureux de rire, de s'impatienter & d'être diftraite à volonté. *Ce chapeau me fait bien*, dit-elle, en fe levant pour fortir; *il me donne un air fille qui me fied infiniment.* En jouant l'étourdie, elle courut dans le fallon où étoit la Compagnie, fe jetta au cou de toutes les Dames & les embraffa bien tendrement. — Quelle amitié! quelle cordialité fe témoignent les femmes de ce pays, dis-je tout bas à mon Camarade!— Ces démonftrations, me répondit-il, font des fcènes que les femmes font convenues de jouer entr'elles. Elles veulent donner aux hommes qui les voient un échantillon de leur tendreffe, & aux femmes qu'elles careffent, une preuve de leurs talens artificieux. La plupart des femmes fe déteftent ; celles qui s'aiment le plus, font celles qui fe haïffent le moins —.

Après s'être débarraffé des complimens généraux, on demanda des nouvelles, & chacun promit de faire le récit d'une hiftoire fcandaleufe. C'étoit un tribut que, pour le droit d'y être admis, on payoit journellement dans cette Société. J'étois hier, dit un homme, chez Madame....; elle eft d'une folie *dont on n'a pas d'idée.* Un de fes créanciers vint lui expofer le tableau de fes mauvaifes affaires. Je fuis ruiné fans reffource, lui difoit ce malheureux, fi vous ne me payez fur-le-champ. Ce n'eft pas tant pour moi; mais ma femme, mes enfans, ils feront réduits à la dernière misère. Vous rendrez la vie à une famille défefpérée, fi vous me payez cette dette. D'abord émue des larmes de cet infortuné, elle alloit le fatisfaire, lorfqu'une réflexion l'arrêta. Je fuis au défefpoir, dit-elle, de ne pouvoir vous donner cette fomme ; mais j'ai befoin pour le bal d'acheter des boucles d'oreilles à la mode. Tout le monde fe mit à rire, excepté mon Camarade & moi. Un petit Important s'empara de la converfation. Vous connoiffez Madame....? il eft peu d'hommes qui ne la connoiffent auffi bien que fon cher époux ; dernièrement dans fon boudoir avec un de fes Amans, elle étoit fi fort occupée à recevoir les témoignages de fon ardeur, qu'elle avoit négligé les précautions qu'exigent les myftères de l'amour. Toutes les portes étoient ouvertes. Cette femme eft toute entière à ce qu'elle fait. Son mari entre fans être entendu, & voyant la brèche que l'on faiſoit à l'honneur conjugal, il s'écria furieux : *Parbleu, Madame, vous devriez fermer les portes ; à quoi vous expoſiez-vous, ſi quelqu'autre que moi étoit entré ?*

Un homme à rabat, à manteau court, nous annonça une aventure dans laquelle il avoit joué un rôle ; après s'être excuſé ſur l'obligation où il ſe trouvoit de raconter ſes bonnes fortunes, il commença ainſi : C'eſt au Village, diſent nos Poëtes, que règnent l'innocence & la candeur ; vous allez juger ſi ces Meſſieurs ſe trompent. J'étois dans un petit Bourg de Province, où, pour me déſennuyer, je faiſois ma cour à la charmante épouſe de l'Eſculape du lieu. Je perſuadai ſans beaucoup de peine à cette jolie Villageoiſe, que rien n'étoit plus mauſſade, & ne ſentoit plus ſa Province, que d'être fidelle à ſon mari ; que ce n'étoit pas ainſi qu'en uſoient nos Elégantes. On ſait combien les femmes de Province ſont paſſionnées à copier rigoureuſement toutes les manières de la Capitale. Un ſoir, raſſurée par l'abſence de ſon mari, ma belle voulut bien eſſayer de copier ces manières de la Capitale. Je l'avois déjà miſe pluſieurs fois au niveau des femmes du bon ton ; & la nuit s'étoit avancée pendant ce doux exercice, lorſque, par une fatalité inconcevable, l'époux arriva, & m'obligea de m'arracher des bras du plaiſir. Voici la cauſe de ma déconvenue.

Sous le prétexte de soulager ses malades en campagne, le Docteur avoit annoncé qu'il ne rentreroit pas de cette nuit ; mais il devoit la passer à soulager son amoureuse ardeur entre les bras de la Présidente du lieu qui croyoit M. le Président, son mari, parti pour des affaires de la Magistrature : mais celui-ci avoit trompé sa chaste épouse pour voler auprès de sa tendre amie, Madame la Lieutenante, dont le mari étoit absent tout de bon pour des affaires plus sérieuses. Madame la Lieutenante, avec son cher Président, goûtoit avec sécurité un plaisir que la prohibition rendoit plus piquant ; Madame la Présidente étoit heureuse dans les bras du Docteur, & la femme de ce Docteur, sans le savoir, se vengeoit dans les miens de l'infidélité de son mari. Cette chaîne d'infidélités, ce mutuel déplacement, ce triple échange de plaisir, eût été même pour chacun des initiés un mystère impénétrable, & tout auroit été au mieux, sans un de ces coups du sort que la prudence humaine ne doit pas prévoir. Attendez-vous, dit le Conteur, à la plus terrible catastrophe. Le Lieutenant avoit oublié une pièce essentielle à son voyage : on ne l'attendoit pas ; il arrive, il voit de ses propres yeux..., combien les retours imprévus des maris étoient dangereux en ménage. Les gens de Justice n'ont guère de procès entr'eux ;

< 48 >

le Lieutenant renvoya paifiblement M. le Pré-
fident qui, en entrant chez lui, chaffa le Docteur, qui vint me chaffer à fon tour. Je peux
dire, à la louange des Parties intéreffées ,
que tout fut remis en fon lieu fans beaucoup
de bruit. Heureufement que mon état de Céli-
bataire ne me permit point de trouver d'époufe
en rentrant chez moi ; j'aurois éprouvé le
même fort que les maris, & cette férie d'in-
continence fe feroit fans doute perpétuée jufqu'aux dernières claffes des Habitans.

L'Abbé (1) voyant que fon hiftoire avoit
amufé, ne difcontinuoit point de parler. C'é-
toit un homme charmant que cet Abbé ! Je ne
veux plus faire de vers, difoit-il ; la Poéfie
me paffionne trop, & cela me donne des maux
de nerfs. Il nous affura qu'il travailloit à un
gros livre fur une matière toute neuve. La

(1) Afin d'être plus laconique, j'ai traduit des mots de
l'idiome de la Lune par des équivalens de la langue Françoife ; par exemple : Un homme qui vit aux dépens de la
crédulité du Public, qui ignore tout & qui entreprend
tout, qui obtient par importunité ce qui devroit être la
récompenfe du mérite, qui ne fait point folliciter, je l'ai
appellé *un Homme à projet, un Intrigant.* Un Prêtre
qui ne remplit d'autres fonctions que celle de tranfporter
chez toutes les Prêtreffes du plaifir fa coquetterie & fes fa-
deurs, j'ai appellé cet être-là un Abbé, &c. *Cette note eft
de mon pauvre Oncle.*

politeffe

politesse artificieuse, continua-t-il d'un ton plus grave, les galantes fourberies font des femmes, des actrices toujours en scène, & nous dérobent le fond de leur cœur. Je veux parvenir à déchiffrer leurs véritables sentimens, & mettre leur ame en évidence ; & pour y réussir, je saisis les courts instans où les femmes font elles-mêmes ; *je prends la Nature sur le fait.* Par exemple, pendant que les vives sensations de la volupté plongent une belle dans le délire de l'amour, parmi les sanglots & les élans du plaisir, la bouche balbutie des mots entrecoupés, mais qui font le langage de la Nature & de la reconnoissance. Ces éclairs de sincérité font trop précieux pour ne pas fixer l'attention du Philosophe : aussi ai-je copié fidellement toutes ces jolies exclamations que mes bonnes fortunes m'ont permis de recueillir. Un tel Ouvrage est en droit de plaire au Public le plus sévère ; je me propose de le soumettre à la censure de l'Académie. Il ne manquera pas d'avoir son approbation, ainsi que le *rouge-végétal* ... Cette Production me fera beaucoup d'honneur —.

Après qu'on eut long-temps parlé sur le même ton, la conversation tomba sur les Spectacles. Les femmes se permirent de juger les Acteurs & les Auteurs au gré de leurs caprices ; l'extravagance & le mauvais goût sembloient dicter

D

leurs jugemens ; & cependant les hommes qui les écoutoient, bien loin de foutenir la caufe de la raifon , la laiffoient outrager par ces Dames , & applaudiffoient à leurs décifions. Nous fortîmes dans ce moment ; & je demandai à mon Camarade pourquoi les hommes fe plaifoient à tromper ainfi les femmes, en évitant de les éclairer ? — Cela ne fe fait point, me répondit-il ; cela feroit *contrarier* , & l'on ne contrarie jamais les Dames. D'ailleurs c'eft un axiome établi dans la Société , qu'il eft permis à une jolie femme d'être déraifonnable , de dire & faire des folies, ce qu'on nomme plus galamment d'avoir des caprices : comme beaucoup fe croient jolies , beaucoup ufent de la permiffion ; & c'eft pour un homme un crime de lèfe-galanterie au premier chef , que d'ofer repréfenter à une Dame qu'elle n'a pas tout-à-fait raifon. Il y a peu d'hommes qui fe hafardent d'être criminels à ce point , & la plupart préfèrent applaudir aux vertiges de l'imagination du beau fexe —.

CHAPITRE XII.

Comment je retrouvai Oë , & ce qui arriva.

—O L'UNIQUE moteur des ames ! ô le plus puiffant des Dieux de la terre ! facré métal de

l'or, tu fépares les amis, tu corromps l'innocence, tu donnes de l'importance au fot, de
la confidération au méchant; tu élèves & em-
bellis le vice, tu couvres d'opprobre la vertu,
tu fais les ingrats. Sacré métal de l'or, malgré
tes prodiges, tu ne fis jamais de l'ambitieux
un fage, ni de l'intrigant un honnête homme —.

C'eft ainfi que parloit mon fage Camarade,
après avoir reçu la nouvelle d'une trahifon
encore moins étrange pour lui que pour moi.

Je m'occupois depuis quelque temps à la
conftruction d'une machine aëroftatique pour
mon départ pour la terre, avant lequel je
comptois faire une expérience publique, qui
devoit dans ce pays-là m'affurer l'honneur de
la découverte, lorfque j'appris que mon Compagnon de voyage, Oë, le perfide Oë, m'enlevoit cette douce fatisfaction, & faifoit éclipfer tous mes projets de gloire.

Ayant retenu le procédé que j'avois employé
devant lui, il étoit parvenu, à l'aide de quelques Phyficiens, à fabriquer un Ballon, &,
par foufcription, il avoit amaffé une fomme
immenfe. Je voulus tenter fon honnêteté; je
lui préfentai lors de fon expérience, il eut
l'audace de me repouffer & de me mécon-
noître. Je le rencontrai enfin dans une Société;
je me difpofai à l'accabler de reproches : mais
lui-même avoua, fans rougir, l'irrégularité de

fa conduite, qui n'avoit, fuivant lui, rien que de très-ordinaire. En me déclarant que fon unique but étoit bien plutôt la fortune que la gloire, il me promit de faire publier authentiquement que c'étoit à moi qu'appartenoit la découverte. Ainfi le prix en fut partagé en deux lots; *argent* & *honneur*, & chacun fut fervi fuivant fon inclination; *l'argent* fut pour Oë, & *l'honneur* fut pour moi.

CHAPITRE XIII.

Mon départ de la Lune.

Fuyons, me difois-je, cette Planète ingrate; revolons vers la terre, & regagnons ma Patrie, la bonne Ville de Paris. L'on n'y trouve point d'intrigans *à Profpectus*, d'ignorans hommes à projets qui élevent leur fortune & leur gloire aux dépens des travaux d'autrui. Ce n'eft pas tant la décence, mais c'eft la vertu; ce n'eft pas tant l'honnêteté, mais c'eft la probité qui règnent dans cette bonne Ville de Paris. Les époufes y font fidelles à leurs époux; & l'on ne peut pas reprocher à ceux-ci ces lâches complaifances, ce trafic honteux de l'honneur conjugal qui abyme de turpitude les maris de la Lune. On n'y rencontre point de Prêtres dont les voitures éclabouffent ou écrafent les paffans ; c'eft une bonne Ville , que cette Ville de Paris. Les Abbés, conformément à leurs faintes inftitutions, y vivent avec une régularité de conduite qui furprend ; ils ne font ni galans ni Petits-Maîtres. On n'en connoît point qui emploient à propager le luxe & la débauche, des revenus confacrés à l'aumône & aux Services divins. Les Moines n'y font jamais en procès ; ils font unis comme des frères. Les Evêques n'y viennent que pour des affaires indifpenfables ; ils reftent ordinairement dans leurs Diocèfes, où ils font des modèles d'humilité, de fobriété & de défintéreffement. Vive, pour les mœurs, notre bonne Ville de Paris ! revolons-y (1).

J'avois conftruit en conféquence quatre Ballons aëroftatiques , que j'avois attachés aux quatre angles d'une efpèce de bâteau, dans lequel étoit un énorme foufflet, dont la force

____

(1) On voit que mon pauvre Oncle n'étoit guère au fait des mœurs de fon pays ; il n'étoit pas même à la portée d'obferver à Paris. Il croyoit être au centre de cette Capitale, lorfqu'il fe trouvoit au Luxembourg au milieu d'un Comité de Bourgeois de fon étoffe, où il politiquoit tous les après-midi ; il eft excufable de ne pas connoître fon pays, & il eft bien louable d'en dire du bien : tant de gens en médifent. Par exemple, un Poëte fatyrique a ofé dire que les Abbés élégans,

Tout rayonnans de vices ,
De boudoir en boudoir couroient les Bénéfices.

du vent agiffant dans l'intérieur de la machine, devoit l'emporter fur le vent de l'atmofphère, ou du moins lui réfifter & fervir à la direction (1). Toutes les difpofitions de mon départ étant achevées, j'annonçai publiquement que j'allois faire une route dans les airs. Cette annonce remua tous les efprits : les uns traitoient mon entreprife de folie, tandis que les autres en regardoient l'exécution comme poffible. On fit des paris nombreux, & les Journaux laffoient les Lecteurs par la forfanterie de ceux qui of-froient de perdre leur argent pour ou contre le fuccès de mon voyage.

Une foule d'Aftronomes, de Phyficiens, de Moraliftes, de Poëtes, vinrent folliciter avec ar-deur l'agrément d'être mes Compagnons de voyage. Chacun vouloit s'acquérir en l'air une réputation qu'il n'avoit pu mériter fur terre. Peuple d'ambitieux, dont le frénétique enthoufiafme excite le rire & la pitié ! expofer audacieufement fa vie pour fixer un inftant les regards d'un Public curieux, c'eft le comble de la vanité; fe glorifier de s'élever plus haut que fes concurrens, c'eft fe parer du mérite d'un Faifeur de tours de force. Oh ! que j'aime bien

---

(1) Qu'on fe garde bien de rire de ce moyen de diriger les aëroftates ; il n'eft pas plus ridicule qu'une foule d'au_tres propofés. D'ailleurs, celui-ci a fait le voyage de mon Oncle, qui n'avoit à la vérité ni argent ni Soufcripteurs.

mieux la vertueufe ardeur du Citoyen, qui fe précipite au péril de fa vie parmi les flots agités pour fauver celle de fes femblables ! les grandes actions de la vertu portent avec elles leur ré-compenfe, celles de l'amour-propre l'attendent de la publicité. C'eft ce que me confirma la conduite de ces *Dom Quichotes aëriens* ; quand je leur eus déclaré que je ne comptois plus revenir parmi eux, voyant s'éclipfer l'efpoir de recueillir auprès de leurs Compatriotes le prix de leur témérité, ils renoncèrent tout-à-coup à me fuivre.

Je n'eus pas de peine à faire ma provifion de livres ; chaque Auteur s'empreffa de me payer le tribut de fes productions. On veut faire parler de foi dans un pays où l'on ne fera jamais, comme on le veut dans un temps où l'on ne fera plus. Les Poëtes m'apportèrent de jolis volumes en petit format, dorés fur tranche, ornés de vignettes & d'eftampes ; ils ne reffembloient pas mal aux Elégans qui portent leur mérite fur leurs habits. — Prenez - les toujours, me difoit mon Sage qui m'aidoit à choifir ; leurs belles couvertures & leurs images amuferont les enfans de vos neveux —. Les Savans m'apportèrent de volumineux *in-quarto*, de lourds *in-folio*. — Ceux-ci, me dit-il, vous feront d'une grande utilité en route ; leur pefan-teur fpécifique vous fervira de lefte,

Je pris le parti de m'envoler *incognito*, quoiqu'on m'eût averti que si quelqu'événement me forçoit de descendre, les Curieux ne manqueroient pas de me témoigner leur satisfaction par des extravagances inouies (1) ; mais je craignois d'être assailli à l'instant de mon départ par quelques étourdis qui , les armes à la main , auroient pu déranger l'ordre de mon voyage en voulant en partager la gloire (2).

---

(1) Malgré le mauvais succès de l'aérostat de Lyon , on vit , après sa chûte , toutes les extravagances que peut produire une sotte admiration. Un Particulier descend de cheval , y fait monter un des Voyageurs aëriens & le conduit à pied la bride à la main. Un autre Particulier se dépouille de son manteau pour l'en couvrir. Un fossé profond & boueux se présente sur le chemin ; alors plusieurs Citoyens se courbent dans ce fossé , & font passer un autre Voyageur aërien sur leurs dos. Les exclamations accompagnent leur entrée triomphale : on recommence le Spectacle pour eux , on les chante , on les couronne de laurier , on leur donne des fêtes. Quel service ont ils rendu à leur Patrie , ces Héros ? quelles belles actions ont ils faites ? ... Un Ballon les avoit enlevés ; si-tôt leur propre poids les a fait tomber à terre.

(2) Dans l'instant que l'aérostate de Lyon s'enlevoit , un vigoureux Aëromane s'élance , grimpe sur la galerie & force les modernes Argonautes à l'accepter pour leur Compagnon de voyage. Un autre , plus furieux , s'étoit présenté avec deux pistolets pour tuer ceux qui voudroient le faire descendre. A Paris , lorsque M. Blanchard étoit prêt à s'enlever au Champ-de-Mars , un jeune

Je quittai , les larmes aux yeux , le Sage obfervateur , l'Hôte bienfaifant qui m'avoit été d'un fi grand fecours. Je ne regrettois que lui dans ce pays ; pour Oë , qui étoit fi méprifable à mes yeux , je n'en entendis plus parler.

Je traverfai fans accident, à la faveur de la nuit, les vaftes campagnes des airs , & j'arrivai dans ma maifon par la lucarne. J'embraffai mon cher Neveu & ma chère Nièce , qui n'atten-doient guère leur *pauvre Oncle*. Je fis en route des obfervations bien intéreffantes aux Savans de la terre , dont je me propofe de faire bientôt part à mes Compatriotes , ainfi que d'une carte aërographique où feront repréfentées les diffé-rentes couches de l'atmofphère. Je prouverai géométriquement que chacune de ces couches eft compofée des différentes efpèces d'efprits exhalés des Habitans de la terre. J'indiquerai dans un article particulier, les dangers que l'on court en traverfant ces régions de l'air , ainfi que les remèdes qu'il eft bon d'y apporter. Par exemple , en parcourant la région qui eft

---

énergumène fe précipite fur la nacelle , s'y attache fi for-tement , que plufieurs bras ne peuvent parvenir à l'en arracher ; les fecouffes que la machine éprouva brisèrent fes aîles . & laiffèrent échapper beaucoup d'air inflam-mable. Enfin il cède à la force : on l'emporte , défefpéré de n'avoir pu partager la gloire d'un de nos *aëroftaticiens par foufcription*.

compofée par les exhalaifons des freids Criti-
ques, des Moraliftes auftères, des Poëtes gia-
cés, on aura foin de fe couvrir d'un épais manteau & d'un bonnet fourré, & de fe garnir les
oreilles de coton. Pour la région des Orateurs,
des Erudits, des Chronologiftes, on fe munî
d'alkali volatil & des plus violens fternutatoires.
Pour celle des jolis Abbés, des Elégans, des
Petites-Maîtreffes, on fera provifion de corni-
chons, de piment & de tous les acides & fels
dont on a coutume d'affaifonner les mets fades
& doucereux, &c. &c. &c. Je ne tarderai pas
à répandre un Profpectus raifonné de cet Ouvrage curieux, que je propoferai au Public par
foufcription, comme c'eft l'ufage dans la Lune.
Je promettrai d'abord les plus belles chofes du
monde; & quand j'aurai l'argent de mes Soufcripteurs, l'Ouvrage ira comme je pourrai.

F I N.

TABLE DES CHAPITRES.

Fin de la Table.

www.ingramcontent.com/pod-product-compliance
Ingram Content Group UK Ltd.
Pitfield, Milton Keynes, MK11 3LW, UK
UKHW022319120726
13694UKWH00004B/1468